새벽 한시 십일분

일러두기

: 저자 고유의 문체를 살리기 위해 표기와 맞춤법은 저자의 스타일을 따릅니다.

새벽 한시 십일분

새벽에서 꺼낸 문장들

채시안 에세이

종이와
나무

새벽 한시 십일분

저에게 시간이란 상대적인 것이라
함께했던 상대가 누구인지에 따라, 저의 하루는 무척이나 달랐습니다.

저와 제 주변 사람들 모두가
늘 행복할 수만 있다면 참 살맛 나겠지만

살아가다 보면 좋은 일만 있을 수는 없기에
마음이 아팠던 순간들도 많았던 것 같습니다.

우리를 무너트리는 것은 행복하고 긍정적인 것들이 아닌
슬프고 우울한 것들이라 생각하기에

무너지지 않기 위해 그러한 감정들에 더 집중하며 살아왔습니다.

어느 순간, 저는 행복보다는 슬픔이라는 감정에 더 익숙해졌고
저의 하루는 살맛 나기보다는 쓴 아메리카노에 더 가까웠습니다.

쓴 커피를 많이 마신 탓인지
저는 쉽게 잠들지 못할 때가 많았습니다.

그래서 저의 새벽은 남들에 비해 조금 더 길고 어두웠습니다.

글을 쓰겠다 다짐했던 순간을 기억합니다.

많은 이들이 잠에 빠져있는 새벽 시간,
그때도 저는 여전히 잠 대신 생각에 빠져있었습니다.

수많은 생각과 고민들이 꼬리에 꼬리를 물고
지친 어느 한 꼬리가 저에게 잠을 재촉하며 시계를 가리켰을 때
시계의 시침과 분침이 각각 한시 십일분에 위치하고 있었습니다.

위로가 필요했기 때문일까요?
시침과 분침의 모양이 두 팔을 뻗어 저를 안아주는 것처럼 느껴졌습니다.

위로가 필요한 사람들을 찾아가 직접 안아줄 수 있다면 좋겠지만
그것은 현실적으로 쉽지 않은 일이기에
누군가의 구멍 난 마음을 따뜻한 단어와 문장들로 채워 줄 수 있다면
그 또한 위로가 될 수 있을 것이라는 믿음으로 글을 쓰기 시작하였습니다.

저처럼 새벽이 힘든 분들을 생각하는 마음으로 긴 새벽을 견디며
111개의 글을 준비하였습니다.

이 글은 저의 이야기이자 제가 사랑하는 사람들의 이야기며
동시에 저의 글을 읽고 있는 당신의 이야기입니다.

각자의 상처와 슬픔은 다르겠지만, 저의 글이 힘든 새벽을 보내고 있는
당신에게 조금이나마 위로가 되었으면 합니다.

차례

01
○
이별

02
○
인연

01

이별

별

반짝이는
별을 볼 때마다

네 생각이
나는 걸 보니

내 마음은 아직도
밤인가 보다.

○ 향수

너에게는 독특한 향기가 났다.
다른 사람에겐 맡을 수 없었던 너만의 무언가가 있었다.

힘든 날, 힘든 나를 꼭 안아줄 때
너로부터 맡을 수 있었던 따뜻한 사람 냄새
그때 향기에도 온도가 있다는 것을 처음 느꼈다.

후각은 예민한 만큼 적응이 빠르다고 하는데
적응이 빨랐던 탓에 나는 그 향기를 쉽게 잊었나 보다.

다시 맡을 수 없을 줄 알았더라면
왜 너에겐 언제나 좋은 냄새만 나는지
물어볼 걸 그랬다.

따뜻했던 그 향수, 병에 꼭 담아
그리울 때마다 맡아볼 걸 그랬다.

어쩌면 그 향수는 너의 눈물로 만든 것일 수도 있겠지

나는 오늘도 너의 향수를 향수한다.

°새벽달

해 뜨기 전 새벽이
가장 어둡다며?

나는 여전히 늘
너와 함께 있는데

어느 순간부터 너는
힘겹게 버티고만 있구나

끝까지 환하게
밝혀주지 못해 미안

나는 그냥
해가 되기 싫었을 뿐이야

그렇게 우리는
조금씩 멀어져 간다.

나는 너의 새벽달

○ 장마

가장 따뜻했던 순간은

언젠가, 나를 눈물짓게 해

여전히 꽃을 닮은 네가 그립다.

봄 그리고 눈물 여름 가을 겨울

장미

장미 같던 너를
사랑했었다.

빨갛고 아름다운
꽃잎들

무수히 돋쳐 있던
가시들까지

가시에 찔린 살갗은
상처가 되고

빨갛게 흘러내리는
피를 보면서도

서로가
빨갛게 닮아간다며
참 좋아했던 나였다.

너 떠나버린 지금
그때의 상처는
다 아물지 않았지만

그래도,
시간이 지나고
되돌아보았을 때

너무 아픈 사랑은
아니었다고
기억되기를

장미 같던 너를
사랑했었다.

^o 못

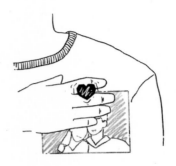

그때 네가
그렇게 말하며

마음에 큰 대못을 박아도
꾹 참았던 이유는 말이야

그 순간에도 나는

함께 찍었던 사진을
그 못에 걸었으면 좋겠다
생각했었거든

그리움

그리움은 시간을
먹고 자라나?

시간이 지날수록
널 향한 그리움이
더 커져만 간다.

시간이 지나면
다 괜찮아진다고 하던데

내 시간은 지나지 못한 채
그리움이 다 먹어버렸나 보다.

그리움에 시간을 빼앗겨

함께했던 순간에
여전히 머물러 있는 소년은

너 떠나보낸 그 자리에서
홀로 남은 채 눈물 흘리고 있다.

네가 그리울 때마다
나는 그리 울곤 했다.

초승달

손톱만큼 남은
너에 대한 미련은 또
왜 이렇게 예쁜지

떠나보낸 네 기억이
부메랑처럼 돌아와
내 눈물샘을 베었다.

보낸다

보낸다.

함께 했던 추억
그리움까지 모두

두 주먹 꽉 쥔 채
붙잡고 있던 미련들

이젠 움켜쥐고 있던 너를
보내야만 할 때

두 주먹 활짝 펴

남은 미련들을 모두
훨훨 털어 보낸다.

안녕, 잘 지내

아팠던 기억마저
그곳에선 행복하길

눈꽃

겨울이었다.
네가 찾아온 계절은

왜 하필이면 사계 중
겨울이었나 물었다.

"안쓰러워 보인다 했다.
사랑하는 것들을 다 떠나보내고
쓸쓸히 홀로 남은 내가"

"포근히 나를 안아주고 싶다 했다.
지친 몸을 이끌고 겨울잠에 들 때
불면에 시달리지 않도록."

왜 나를 더 일찍 찾지 않았냐고
너에게 물었다.

떨고 있는 나를 감싸 안으며
너는 답했다.

"향기가 없어 꽃이 될 수 없었다고,
그래서 따뜻했던 순간에는 함께 할 수 없었다고"

너를 다시 만나면 꼭 말해주고 싶다.

추운 겨우내, 함께 해주어 참 고마웠다고
네가 피어낸 꽃향기는 참 따뜻했었다고

누가 뭐라 해도 나의 눈에는
네가 가장 아름다운 꽃이었다고

커피

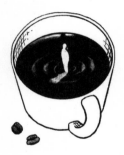

떠나가는 당신을 생각하며
커피 한 잔 만들었습니다.

남은 내 미련을 얇게 갈아
뜨거운 눈물로 내린 커피를
당신의 손에 꼭 쥐어 보내려 합니다.

맛이 조금 쓸 수도 있습니다.
마시고 나면 오늘 밤은
쉽게 잠들긴 힘들겠지요

나를 혼자 둔 채 떠나는 것에 대한
벌이라 생각하며
딱 그 정도는 아파주었으면 합니다.

걱정하지 마세요

그래도 커피는 따뜻할 테니깐

훔치다

어여쁜 당신아 울지 말아라

비록 네가 내 마음을 훔쳤어도

내가 너로부터 훔칠 수 있었던 건
눈물뿐이었다.

오늘도 너 몰래, 홀로 눈물 훔쳤으니
내일 너에겐 웃을 일만 있을 거야

네가 내 마음을 훔칠 때
내가 모른 척했던 것처럼

홀로 눈물 훔치는 나를 보게 된다면
모른 척해주었으면 좋겠다.

어여쁜 당신아 울지 말아라

눈물은 내가 다 훔쳤으니

너는 부디 훔친 내 마음을
아름답게 사용해 주길

이별

같은 공간에
서 있던 우리는

이제 다른 공간에 있어

잘 지내니?

네가 지내는 그 별은 어때?

내가 지내는 이 별도

그럭저럭 지낼만해

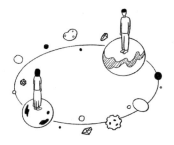

마음의 문

밤 하늘의 별을
다 주고 싶었는데

이제는 너를 위한
이별을 준비해

네가 빛났던
모든 순간들이

슬프게도 내겐
어두운 밤이었어

나의 밤을 환하게 비춰준
보름달 같던 너를 기억해

초승달처럼 날카롭게
상처를 준 순간까지도

순간의 보름달보다
초승달에 베인 상처가
너무 아파서

이제 나는 내 마음의 문을
닫아보려 해

안녕, 잘 지내

달 같은 네가 여전히 빛나길
그냥 내 마음이 밤이라서 그래

먹구름

하나둘씩 모여
모이지 않았던 것들이

어느 순간 보여
보이지 않았던 것들이

내 마음은 늘
맑을 줄 만 알았는데

어느 순간 먹구름이
나를 가로막네요

가슴이 먹먹한 걸 보니
또 비가 오려나 봅니다.

거스름
돈

떠나기 전 남은 내 마음을
꼭 나에게 거슬러 주길

같이 할 수 없는 그 마음이
여전히 나에겐 가치 있으니

소파 아래 저 동전처럼
내 마음이 방치되지 않길 바래

잊혀질 때쯤, 우연히 발견되어
헛된 희망을 품지 않도록

°콜라

나는 김빠진 콜라

톡 쏘는 매력이 없어도
여전히 달달한데

더 이상 너는
나를 찾지 않는구나

쓰다

네 기억들을
술 한 잔과 함께
써 내려갔다.

어느때보다
마음이 쓰라렸던
그날 밤

술은 참 달았는데
글이 참 썼다.

° 우박

불안정한 대기, 끝없는 기다림
불완전한 관계, 예상치 못한 태도

따뜻했던 순간
그리고 차갑게 변한 모습

갑작스레 달라진
나를 향한 너의 태도는

내리는 눈물마저 얼어 붙여
마음에 큰 구멍만 남기네

눈물

겨울은 얼리지만
봄은 녹입니다.

당신이 무척 차가워
겨울인 줄 알았지만

흐르는 내 눈물이
따뜻한 걸 보니

어쨌든 당신은
봄이었나 봅니다.

맥주

넘칠까 걱정했는데

취하지도 않은 채 너는
내 마음을 참 빨리도 비워낸다.

너무 성급하게 부어버린 탓일까?

애초에 나는 네게 거품이었나 보다.

소고기

핑크빛 색상에 부드러운 감촉,
모든 게 완벽하다 생각했는데

지나치게 뜨거웠던 탓일까?
아니면 타이밍을 놓쳐서일까?

참 질겼다 그때처럼

°돌아가다

생각해보면
너는 항상 그 자리에

다가가고 있던 건
나 혼자였다.

가까워지고 있다
생각했었는데

우리 사이 남아 있는 건
내 발자국뿐

너는 나를 위해
한 걸음도 내어주지 않았네

이제라도 알았으니
다시 돌아가야 할 때

애정하는 마음 꼭꼭 숨긴 채
매정하게 돌아서기로 했다.

한 걸음 또 한 걸음

시간이 얼마나 지났을까?

꽤 멀어졌어야 하는데...

다시 돌아, 가고 있다
네가 있는 곳으로

오랜만에

오랜만에 네 생각

바쁜 일상에 너를
잊고 살았다 생각했었는데

내 마음이 다시 너를
읽고 있다.

편ᄒ

한때 내 존재는 네 마음의 일부
채워주지 못한 채 떨어져 나갔지

나 떠난 빈자리
구멍이 난 것처럼 시리겠지만

어딘가 네 마음을 다시 채워줄
다른 조각들이 있다고 믿으니

너무 슬퍼하지 않았으면

더 이상 나는
너의 편이 아니지만

네 마음을 채워줄
누군가를 찾지 못한다면

그때 나를 찾길 바래

다시 너의 편이 되어줄게

발광

떠나려는 너를
꼭 붙잡았던 것은

이별을 위한
내 마지막 발광發狂

이 별에서는
다시 볼 순 없을 테니

마지막 순간까지
기억되고 싶어서

떠나는 너를
꼭 붙잡지 못했던 것은

널 밝혀주고 싶었던
내 마지막 발광發光

어두웠던 이별은 보내고
살아갈 이 별에서 밝게 빛나길

차마,
참아

그래도 나는 네가
잘 지냈으면 좋겠어

차마, 하지 못한 말

보고 싶은 마음 꾹
참아, 전하지 못했지

네 목소리가 날 울릴까
전화도 못 했지

신발
끈

잘 매듭 짓지 못했어
아니 잘 매듭 짓지 않았어

그냥 서로의 끈이 얽혀
네가 넘어지지 않을 만큼만

원래 신발끈은
두 번 정도 묶어야 한다던데

떠난 네가 두 번 다시
돌아오지 않을까 두려워

묶는 척하는
흉내만 내 보았어

끈이 풀려
다시 묶어야 할 때

한 번쯤
뒤돌아 봐주길

한 번 더
너를 볼 수 있었으니

이번만큼은 잘
매듭지어 볼게

연緣
날리기

떠나가는 나를
얇은 끈 하나로 꼭 붙잡은 채
너는 놓지 않고 있다.

끈 하나 정도의 얇은 마음이면
충분히 나를 붙잡을 수 있다
너는 생각했겠지만

언제든지 떠날 수 있음에도
내가 네 주위를 맴돌고 있는 이유는

사랑도 미련도 아니라는 것을
너는 결코 모르겠지

언젠간 네 곁을 떠나야겠지만

우리의 연을 끊을 수 있을
더 좋은 연이 나타날 때까지만이라도

네 주위를 맴돌며 지켜주고 싶은
그 마음을 너는 알까?

02

인연

간판 없던
어느 가게에서

간판이 없었던
이름 모를 어느 가게

허름한 옷차림의 손님들과
겸연쩍은 인사를 나눈 후

비루한 나의 하루를 위로하며
김치찌개를 주문했었지

간판이 없던 그곳에는

시골 출신 노부부의
포근한 손맛이 있었고

힘든 하루, 흘린 내 눈물만큼
따뜻했던 찌개 국물이 있었어

살아가다 보면 간판보다 더
중요한 것들이 있다는 것을 배워

보여지는 것들 사이에서
더 소중한 것을 찾길 원해

그러니깐 내가 하고 싶은 말은

간판이 없던 그곳에
사랑하는 당신이 함께 있었지

젠가

믿음이란 조각들로 쌓아 올린
우리의 관계가 조금씩 흔들리기 시작했다.

이미 함께 쌓아 올린
수많은 믿음이 있으니깐

조각 한두 개쯤이야
살짝 빼버려도 괜찮겠지 싶었다.

빼버린 조각들로 인해
관계가 조금 흔들린다 해도

다시 쌓아 올리면 그만이라 생각했었으니깐

언젠가 무너질 것도 모른 채
아니 어쩌면 다 알면서도

우리는 흔들림에 조금씩
적응하고 있었다.

같은
생각

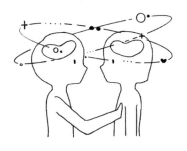

나는 네 생각 너도 네 생각

같은 생각을 하고 있으니
서로 닮아있다며 좋아했던 나였다.

내 마음이 닳아가고 있다는 것도 모른 채

아니, 잘 알면서도

지키고 싶었다. 우리의 관계를

복수심

날 떠나 버린 너에게

보란 듯이 성공한 모습을
보여주고 싶었다

그렇다면 혹시라도
다시 날 바라봐 주지 않을까?

나에겐 복수심마저
널 위한 것이었다.

흑백
사진

눈 감으면 보이는
흑백사진 한 장

시간이 지나면 잊혀질 것이라
생각했던 것들은 다
그 안에 있었다.

그리울 때
눈 감는 이유는

참기 위해서가 아니라
참지 못해서

오늘도 꺼내 보는
마음 속 흑백사진 한 장

우산

맑은 날엔
저를 찾지 않아도 좋습니다.

흐르는 슬픔에 젖게 되는 것이
당신이 아니라 나였으면 합니다.

함께 머물렀던 그곳에
저를 홀로 두고 떠나도 좋으니

당신은 다시
맑은 곳을 향해 나아가세요.

다시 만나요 우리

당신의 마음에 먹구름이
다시 드리울 때쯤

흐르는 슬픔에 젖게 되는 것이
당신이 아니라 나였으면 합니다.

맑은 날엔
저를 찾지 않아도 좋습니다.

담을 수
없었다

너에 대한
나쁜 기억들을 모아

내 머릿속을 채워 넣으면

잊을 수 있을 것이라
믿었다.

하지만

아직 내 머리 속엔
좋은 기억들이 가득 차 있어

다 담을 수 없었다.

° 딱풀

하얀 얼굴에 부드러운 마음
붙임성도 참 좋았던 너였다.

그런 너라고 상처가 없었을까?
네가 그렇게 변한 건 오롯이 다 내 탓이었다.

그때 내가 너를 감싸 주었어야 했는데

○
캔

　　　　내 마음을
　　　　마시고 나면

　　　　　나를
　　　　꼭 찌그러트려 주길

　　　　다른 마음을
　　　　담을 수 없게

　　　　다른 사람이
　　　　마실 수 없게

덧칠

널 잃는다는 것
그리고 잊는다는 것

기억이란 도화지 속
함께 했던 순간들을 가리고자

바쁜 일상과
다른 순간들로 덧칠해보지만

자꾸만 짙어지는 것

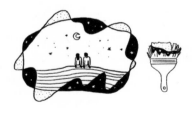

배려

사랑이라 생각해
너를 배려하였는데

왜 너는 내 마음을
베려고만 하는 건지

네게 준 내 마음이
산산조각이 났음에도

왜 나는 그 조각까지
품으려다 상처 입은 것인지

배려는 아픈 것이 아닌데

그때는 왜

아픔 또한 사랑이라
믿었던 것인지

센치
하다

저 멀리 떠나보낸 네 기억들이
이따금씩, 내 마음에 비집고 들어올 때가 있다.

기억마저 예민했던 탓이었을까?

날카롭게 날이 서 있던 기억들은
내 마음을 베어 그 틈 사이로 들어왔고

견딜 수 있을 정도의 아픔을 살포시 놓은 채
잠깐 머물다 나가곤 했다.

사실, 더 이상 네 기억은 크지 않기 때문에
아물고 있는 마음을 다치게 할 수는 없었지만

종이에 베였을 때 생기는
몇 센치의 상처처럼

딱 참을 수 있을 정도의 쓰라림이
자꾸만 나를 신경 쓰이게 했다.

멀리 보낸 줄 알았던 네 기억은
딱 몇 센치정도의 거리에서 맴돌며

이따금씩 나를 센치하게 만들곤 했다.

너의 기억은 생각보다 더 가까이에 있었다.

슬픔

슬픔은 마치 비 같아서

우산을 써 다 피한 줄 알았는데

예상치 못한 양말을 젖게 해

내 마음을 불편하게 하곤 했다.

오늘도 슬픔이 비처럼 묻었다.

○ 바람

달이 보고 싶은
내 마음과 같았는지

바람이 찾아와
구름을 밀어 주었다

바람아 너 또한
나와 같구나

바라는 보아도
머물진 못하니

개나리

다른 사람들이 네게
싹수가 노랗다 하여도

나는 포기하지 않을 거야

따듯한 햇살이 되어줄 테니
샛노란 개나리로 피어나 주라

두루마리 휴지

두루두루 잘 지내보려고
마음 쓰고 있는 거 알아

잘 풀어보기 위해
빙빙 돌려 배려하는 것도

언젠가, 널 둘러싸고 있는
많은 것들이 떠나가겠지만

마지막까지 네 곁에 남아 있는 건
커다란 내 마음일 거야

네 맘 깊숙한 곳에 숨겨둔
나의 Huge 心

등대

힘들면 쉬었다 가길
잠깐 등 대고
나에게 기대어 주었으면

너무 오래 머물지 않아도 좋다
다시 혼자 남을 나를
걱정하지 않아도 된다.

나의 외로움을 팔아
아주 잠깐이라도
당신을 위한
빛을 살 수 있다면

떠나는 당신의 등 뒤를
묵묵히 비춰주겠다.

온실 속 화초

네가 늘 따뜻하길 바란다.

많은 사람이
온실 속 화초라
손가락질하여도

누군가 기적이 무엇인지
내게 묻는다면

나는 주저 없이
너를 가리킬 것이야

추운 겨울
네가 있었기에 나는
꽃을 볼 수 있었어.

추위를 견디며 사는 것
그것은 나 하나로 충분하니

네가 늘 따뜻하길 바란다.

풍선

그리움은 마치 풍선 같아서,
당신의 기억을 불어 넣을 때마다
점점 커져만 갑니다.

부풀어 오르는 그리움이
언젠간 터져
마음이 다칠 걸 알면서도,

계속해서 기억을 불어넣는 이유는

당신이 사라져 버릴까 하는
두려움이 더 크기 때문이겠지요.

○ 모닥
불

네가 따뜻했으면 좋겠어

내 마음이 조각이 되어도

겨울밤, 떨고 있는 네게
따뜻한 위로가 될 수 있다면

나는 그걸로 되었어

네가 따뜻하길 바라며 동시에
내가 따뜻했다 기억되길 바래.

내 마음이 까맣게 불타
재가 된다 하여도

다가올 아침을
너에게 선물할 수 있다면

나는 그걸로 되었어

○ 편지

편지를 전처럼 부쳐볼까?

비가 오면 한 번쯤은
나를 떠올릴 수 있게

널 향한 내 마음을
접으면서도

다시, 우리가
전처럼 따뜻하길 바랬어

편지를 전처럼 부쳐볼까?

술 한 잔, 쓰린 내 맘
편안하게 안주할 수 있게

가로등

내 불빛은

아직 뜨지 않은
해를 기다리며

위로만 보고 있는
너를 향한 작은 위로

하늘을 향해 고개를 들고 있는
너와는 반대로

너만 바라보는 내 허리는
점점 굽어가고 있다.

네게 말해주고 싶다.

언젠가 뜰 해를
기대 해도 좋겠지만

가끔은 네 기대 뒤에 놓인
해를 뺀 채

나에게 기대 도 좋다고

°술잔

부딪힐 때면
비워내야 합니다.

서로를 다시 채워줄 수 있도록

부딪힐 때도
조심해야 합니다.

아무것도 깨어지지 않도록

어차피 부딪혀야 한다면

잘 부딪히고 잘 비워내야
다시 채울 수 있습니다.

저는 그렇게 배웠습니다.

묵찌빠

고맙습니다.

'묵'묵히 버티며 살아가는
제게 와주어서

당신은 가위처럼
상처를 오려 주었습니다.

제 상처는
오롯이 저의 것이라 믿었기에

두 주먹 꽉 쥔 채
홀로 버티며 살아왔는데

내밀어 준 당신의
작은 손 덕분에

상처들을 잘
'보'낼 수 있을 것 같아요.

주먹이 꽃처럼
활짝 피었습니다.

도미노

내 존재의 본질은
넘어지기 위함인지?

아니면,
다시 일어서기 위함인지?

내가 쓰러질 때
누군가는 환호하고

다른 누군가는
나를 다시 일으켜 세운다.

나는 언젠가
사람으로 인해 무너지겠지만

사람으로 인해
또다시 일어날 수 있을 테니깐

결국, 사람 곁에 머물기를 택했다.

To. 내가 믿었던 사람들에게

"넘어진 날 세워줄 땐 언제고
이제 와서 나를 또 미노?"

별 2

별의별 사람들이
너를 지치게 하여도

결국,
너는 반짝일 것이야

저기 저 별들처럼

함박눈

그대여 눈이 올 땐
우산을 쓰지 마오

겨울이 찾아와
세상을 시리게 하고

당신의 마음마저
얼어붙게 할 때

나 함박눈 되어
그대 마음속에
스며드리라

얼어붙은 그대 마음에
살포시 들어가

지친 당신의 하루를
새하얗게 위로하리

그대여 눈이 올 땐
우산을 쓰지 마오

덕질

나는 지금까지
'덕질'을 했었다.

잘난 것 하나 없는 내가

세상을 버티며
조금씩 나아갈 수 있는 이유는

언제나 누군가의 '덕'이었다.

"감사합니다. 당신 덕분입니다."

항상 고마운 사람들

그런 사람들 곁에서 늘
치근덕거렸던 나이지만

나는 앞으로도 계속
'덕질'을 하고 싶다.

감사했던 모두의 행복이
이젠 모두 나의 '덕'이었으면...

별 같던 당신

밤이 되자 찾아온 어둠이 꽃들을 다 가렸고
오늘의 아름다움도 여기까지구나 생각했었습니다.

그러다 문득 고개를 들어
하늘을 본 순간

수 많은 별들이 활짝 펴
살랑이고 있었습니다.

익숙함에 속아 감사함을 잃어버렸던 그 순간

묵묵히 내 힘든 하루의 끝을 아름답게 꾸며준

별 같던 당신에게 늦은 감사를 드립니다.

지하철

좀 내려가면 어때
계속 나아가고 있잖아

때때로
빛이 보이지 않고
숨 막힐 때도 있겠지만

지쳐있는 네가
꼭 기억하길 바라는 것

목적을 잊지 않고
포기하지 않는다면

다시 올라갈 일만
남았다는 것

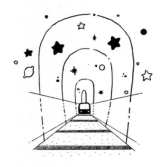

풍경화

삶은 마치 풍경화

더 이상 실재하지 않아도
실제하고 있는 추억들

잊은 줄 알았던 기억들을
다시 꺼내
오늘 다시 추억되게 하는 것

살아가는 동안 항상
좋은 것만 기억할 수 없기에

그렇지 않은 것도 함께
섞여 있을 것 같은 기억들의 농도

누군가 자신의 풍경에
색을 더하게 되었을 때

나와 함께 했던 시간들은
어떤 색으로 칠해질 수 있을까?

쉼표
그리고 공백

쉼표와공백없이잘쓰여진문장은없다.

갑작스레 찾아온 '인생의 공백기'

앞으로 나아가는 사람들 속
혼자 머물러 있는 것 같아
많이 두렵겠지만

결국 당신의 이야기는
가치 있게 쓰일 것이 분명하니깐

힘들면 잠시 쉬어가는 것을
주저하지 말길

지쳐있는 당신에게
그리고 나에게

꼭 해주고 싶은 말

쉼표와 공백 없이 잘 쓰여진 문장은 없다.

03

연인

사람,
사랑

사람과 사랑은
받침 하나 차이

네모난 각진 마음을
둥글게 말아

서로를 위한
받침이 되어 주는 것

작은 배

마음을 당신께 보낼 수 있다면

꼭 작은 배에 태워 보내고 싶습니다.

왜 하필 작은 배라 물어보신다면

시간이 조금 걸릴 수는 있겠지만

수 천번의 흔들림 속에서도

변치 않은 그리고 변치 않을

확신을 선물해 주고 싶어서지요.

샤워

내게 맞는 적정 온도를
한 번에 찾는 것
참 쉽지 않은 일

샤워를 하기 위해
물을 틀 때면

뜨겁거나 혹은 차갑거나
아니면 너무 미적지근 하거나

하지만,

첫 온도가 맞지 않아
샤워를 포기하는 사람은 없다.

서서히 나에게 맞는 온도를
찾아가면 된다.

우리도 그렇게

포기하지 않고
조금씩 맞춰나가면 된다.

마침표
그리고 쉼표

마침표(.)로 끝날뻔 했던 우리 사이는
서로의 망설임 속에 쉼표(,)가 되었다.

우리의 문장이 잠깐 멈추긴 했지만
멈추지 않은 것에 감사하며

그 문장이 다시 시작되었을 때
더 예쁜 단어들로 채워 가야겠다.

점 하나

마음이란 단어에
점 하나만 옮겨도 미움

사소한 점 하나 때문에
너를 미워하지 않도록

너의 안 좋은 점들까지
사랑할 수 있기를

°노래방

너를 부르기 위해
네 번호를 눌러

마음에도 연습이
있다고 믿으니깐

눈 감고도
너를 부를 수 있을 때쯤이면

우린 서로에게 더
익숙해질 수 있을까?

오늘도 나는
너를 연습하곤 해

오늘은 추가시간이
많았으면 좋겠다.

물음표?

너는 나를 늘
궁금하게 만들어

밥은 먹었는지?
오늘 하루는 어땠는지?

물어보고 싶은 것들이
참 많았지만

관심이 집착이 되어

여린 네 마음을
물어버릴까 두려웠어

조금 늦어도 괜찮으니
천천히 알아가볼게

너에게 하고 싶은 질문들을
갈고리처럼 달아

살포시 네 마음에 걸어놓을 거야

걸린 질문들이 쌓여
네 마음이 내 쪽으로 기울 때 쯤

마음에 걸어놓은 물음표
두 개씩 짝지어

하트(♡) 모양으로
만들어 볼게

선글라스

당신은 해처럼 빛나
눈이 부실 정도로

너무 뜨거워
마음을 부실 정도로

빛나는 널 견디기에
부실해 보이는 나지만

내 마음 다 타버려
잿빛으로 변한다 한들

함께 할 수 있다면

내 하루쯤 어두워져도
무슨 상관일까요?

가위, 바위, 보

사랑은 마치 가위 바위 보

가위를 낼 때처럼
널 지목하고

바위를 낼 때처럼
널 감싸 안고

언젠가 너를 떠나보낼
순간이 온다면

보를 낼 때처럼
잘 보내주는 것

그래도 남자는 주먹

보내지 말고
당신을 감싸 안고 싶어

°문제

우리 둘 사이의 문제에서
답을 찾으려는 너에게

답답한 소리하고 있네

문제가 틀렸다면 그 원인은 잘못된 과정

서로에 대한 욕심이자

괜찮을 것이라는 잘못된 가정 때문이겠지

그럼에도 불구하고

나는 너를 사랑해

내 사랑엔 답도 없네

시계

참 초조했다.
어리숙한 내가 우리 관계를
초 치게 될까 봐

분주하게 움직이다 보면
나를 한 번쯤은 봐줄까?
너는 참 나에게 과분한 사람이다.

우리의 시간이
시시한 관계로 끝나지 않길 기도하며

오늘도 네 생각을 하며 맞춘
알람 소리에 꿈에서 깬다.

책갈피

네 이야기 속
찾을 수 없었다.

나에 대한 문장
단어 하나조차

내가 할 수 있었던
유일한 것은

틈날 때마다
네 틈 사이를
파고드는 것뿐

그렇게라도
함께 하고 싶었음을
말해주고 싶었다

나와 있을 때는
잠시 쉬어가도 좋다고

기다림

바람 같은 너는
나를 스쳐 지나갔지만

언젠가, 꽃 같은 나를
다시 만나러 와준다면

살랑살랑
기쁨의 춤을 출 거야

숲만 보고 살다 보니
너를 보지 못했어

너는 늘 내 옆에 있었는데
일찍 알아보지 못해서 미안해

기댈 수 있게 해줘서 고마워
늘, 그늘을 준 것도

늘그막에 알게 된 너의 소중함

옆에 있어도 봐주지 않는 나로 인해
혼자 얼마나 외로웠을까?

더 이상 너를
'나무'라지 않을게

지금처럼
내 옆에만 있어주길

민들레 꽃

작고 약하여
작은 바람에도

이리저리 휩쓸리는
나이지만

그대 마음 따뜻해
뿌리내리려 합니다.

넓디 넓은
그대 마음에 비해

비록 나 작고 약하여
잘 보이지도 않겠지만

시간이 지나
노오란 꽃을 피운다면

그대의 시선을 한 번쯤
선물해 주시겠습니까?

노을

해가 질 때면 어김없이 노을이 핍니다.

빨갛게 상기된 얼굴
당신의 하루도 참 힘들었을 것 같은데

오히려 내 눈치를 살피며
지친 내 하루의 끝을 위로해 주네요

항상 이기면서 살아갈 수는 없겠지만
지는 것은 참 분한 일인데

당신은 아래로 내려가는 순간까지
누군가를 위로하려 하는군요

살다 보면 저에게도
져야 할 순간들이 가득하겠지만

하늘에 핀 저 노을 한 송이처럼

지는 순간까지 당신을
가득 사랑하겠습니다.

핫팩

뜨거워졌다 식었다를
몇 번씩이나 반복했습니다.

이번엔 진짜 식어 버렸다
생각했었는데도

당신이 그렇게 나를 흔들 때마다
조금씩 다시 데워지고 있습니다.

당신의 작은 행동 하나에
뜨거워지고 식기를 반복하며

결국, 검게 변해버린 내 마음은 어떠할지
조금이라도 생각해 본 적은 있으신가요?

그럼에도 불구하고

당신의 얼어붙은 마음을
다시 녹일 수만 있다면

원치 않은 흔들림도 기꺼이 감수하여

달궈진 내 마음을
당신의 두 손에 꼭 쥐여 주겠습니다.

장갑

우리 사이
인연의 끈이
끊어질까

불안해하는 당신에게

그 끈으로
장갑을 만들어

너의 손에 끼워줄게

괜찮아

밝게 빛나는 달이
아니어도 괜찮아

바나나 우유는 사실
바나나'맛' 우유라 할지라도

함께 걷는 산책길

네 미소를 비춰 주는 건
달이 아닌 '가로등 불빛'이고

달콤함을 선물하는 건
바나나 우유가 아닌 바나나'맛' 우유라는 것을
잘 알고 있기에

네가 화려하지 않아도
뭔가를 꼭 하려 하지 않아도

나에게 행복은
그리 멀리 있는 것이 아니니깐

지금처럼 옆에 있어 준다면
이대로도 괜찮아

가나다라마바사아자차카타파하

가장 마지막 순간까지
나의 곁에 함께해 주길
다른 점도 분명 있겠지만
라디오 주파수처럼 맞춰나가자

마음에 확신이 들지 않더라도
바라는 볼 수 있게 해주길 바래
사랑이라는 단어가 익숙해질 때까지

아주 많이 노력해 볼게
자연스럽게 스며들 거야
차가운 커피 위 얼음이 다 녹을 때쯤
카페에서 나와, 함께 걷지 않을래?

타협하고 배려하며 네 속도에 맞춰 나갈게
파란 하늘을 보며 빨갛지 않냐는 터무니없는 질문을 해도
하늘에 노을이 필 때 까지 함께 기다리는

그런 사람이 되어 볼게

꽃 같은
너

꽃 같은 너야
활짝 핀 모습이 아름다워

많은 사람들이 너를 보며
사랑한다 말하겠지만

세상에 영원한 건 없기에

시들어가는 네 모습에 실망하며
하나둘씩 너를 떠나갈 거야

화려했던 봄이 지나고 찾아온
뜨거운 햇볕과 비바람이

너를 힘들게 하겠지만

네 옆에서 작은 우산을 씌워줄게

달콤한 열매를 맺을 수 있도록

공회전

당신을 처음 보았을 때
마음에 시동이 걸린 것 같았습니다.

우연히라도 마주칠 때면
제 마음은 자동차 엔진처럼 떨리며
당신에게 향할 준비를 하고 있었습니다.

하지만 나는 운전에 무척 서툰 사람이라
혹시나 당신에게 흠집이라도 낼까 두려워

나아가지 못할 여러 핑계를 대며
당신을 피해 다니곤 했었지요.

사실, 저는 알고 있습니다.

피(P)하기만 해서는 아무것도 할 수 없다는걸.
망설임을 뒤(D)에 놓고 조금씩 나아가야 합니다.

지나친 공회전은 엔진을 망가트립니다.

○ 반짝

너는 나에게
반짝하며 나타났고

나도 너에게
반짝하고 나타났지

서로에게 반짝였던
순간들을 기억한다면

아마 우린 서로에게

'반짝반짝' 빛나는
별이 되어 줄 수 있을지 몰라

○ 남자
친구

남자 친구

내가
간절히 원하는
왼쪽 두 글자

한참을 바라보다

네 시선이 머물고
있는 오른쪽으로

너 몰래 살짝
옮겨 놓는다.

우리 그냥
친구로 남자

네 시선에
머물 수 있다면
난 그걸로 되었다.

짝사랑

너는 길을 걷다
우연히 만난
한 송이의 꽃 같아

꺾어 품고 싶지만
상처 주기 싫어

시린 맘, 꼭 누른 채
발걸음을 재촉해도

자꾸만 돌아보게 되는

초콜릿

부드럽고 달콤해

특별한 날의
주인공이기도 하면서

기꺼이,
다른 누군가를 위한
조연이 되어 주기도 해

모두에게 사랑받는 너는

지친 나에게
힘이 되어 줄 때도 있지만

모두와 어울릴 줄 아는
너의 그 단점들이

나를 불안하게 해

이상한 사람이 될까
너를 욕심내지 못하고

따뜻하게 안아주고 싶지만

행여 녹아 버릴까 두려워

그냥 지켜볼 수밖에

모자

그때의 나는
뭔가에 씌여 있었어

너는 둥근 마음으로
힘들었던 나의 기억을
꼭 안아 주었지

나의 민낯이 드러날까
부끄러워할 때면
세상으로부터 그것을 가려주었고

따가운 햇살로부터
내가 상처받지 않게 지켜주었어

내가 답답해할 때면 항상
모자라서 미안하다고 했었지만

사실 모자랐던 건 나였고
모자였던 건 너였어

고마워

그때의 나는
너라는 모자에 씌여 있어
잘 버틸 수 있었어

04

독백

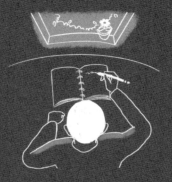

손님

나를 찾아 줬으면 좋겠다.

무척이나 하루가 길다고 느껴지는 그런 날에

사람에게 받은 상처가 미처 아물기도 전,
누군가로부터 받은 또 다른 상처들을 보며

스스로가 바보 같다고 느껴지는 그런 날에

세상이 너를 버렸다며 무척이나 우울해하는 너에게
상처를 준 그것들은
너의 '진짜 세상'이 아닐 수도 있다는 것을 말해주고 싶다.

나는 무척이나 우울에 익숙한 사람이라
너의 우울을 조금 받아 가도 괜찮을 테니깐,

너를 앞으로 나아가지 못하게 짓누르는 우울들을
나에게 다 주었으면 좋겠다.

그리고 나선 다른 사람들이 너의 상처를 볼 수 없도록
너를 꼭 안아 상처가 다 아물 때까지
너를 위로할 수 있게 허락해 주었으면 좋겠다.

시간이 흐르고 상처가 다 아물어
네가 다시 세상으로 나아갈 때쯤이면,
내 곁에는 다시 우울만이 남아 있겠지만

말했듯이 나는 무척이나 우울에 익숙한 사람이니까,

나에게 주어진 우울들을 묵묵히 견디면서
'네가 오지 않길 기도하며 간절히 너를 기다릴 것이다.'

연습

세상에 치이고
그 무게에 눌려

자꾸만 내려가는 인생이라도
괜찮다

그렇게 오늘도 나는
깊어지는 연습 중이다.

○
흙

흙은 나약한 존재들이
생명을 피울 수 있도록
희생하며 살아간다.

흙 위에서 살아가는 동안
단 한 번이라도
흙처럼 살아본 적이 있었나?
나에게 물었다.

부끄러웠다.

어쩌면 인간이 죽어
흙으로 돌아간다는 것은

희생하지 못하고
상처만 주며 살아온
지난 삶들을 용서받기 위한

신이 주신 '면죄부'는 아닐까?
생각했다.

루돌프

산타가 없다는 걸 알게 된 아이는
루돌프를 위해 울진 않는다.

추운 겨울, 아이가 기다리는 건
자신이 아닌 산타라는 것을
루돌프는 잘 알고 있었지만

코가 빨갛게 되도록
아이를 위해 달리고 또 달렸다.

유난히 추웠던 크리스마스 이브

어느 길가에서 코가 빨갛게 변해 버린 한 남자로부터
나는 루돌프를 보았다.

그는 고단한 하루를 보낸 듯
많이 지쳐있었지만

꽁꽁 얼어버린 발걸음을 재촉하며
양손 가득 선물을 든 채
집으로 향하고 있었다.

산타가 되고 싶었던 우리 아빠는
알고 보니 루돌프였다.

산타는 없었지만, 루돌프는 있었다.

나방

꿈틀꿈틀
조금씩 기어가는
애벌레의 모습에서
나를 보았다

사소한 작은 충격도
그들에겐 치명적이라

세상에 나아가지 못하고
꼭꼭 숨어 꿈틀 거리며

아무도 알아봐 주지 않을
그들만의 춤사위로
스스로 생을 증명하고 있다

지금 당장 세상에 나가기엔
너무 약한 그들이지만

태어났으니 살아가야 하기에

보다 나은 존재가 되기 위해
세상과 스스로를 단절시킨 채

기나긴 시간과의
싸움을 시작할 것이다

외롭고 힘든 싸움의 끝

번데기에서 나온 자신의 모습이
'나비'가 아닌 '나방'이라
실망할 수도 있겠지만

조금 덜 사랑받으면 어떠랴

'나방' 또한 그들만의 방식대로
용기 내어 세상을 향해
'훨훨' 날아갈 것이다.

별 모양의 조각

마음을 둥글게 먹고
살고 싶지만

세상이 주는 상처들로 인해
조금씩 깎여만 간다.

저기 저 모난 사람들은
얼마나 많은 상처를 받았고

얼마나 많은 사람들의
둥근 마음을 모나게 만들었을까?

혼자 사는 세상이
아니기에

둥근 마음을 계속
지킬 수는 없겠지만

어짜피 상처로 깎여버릴 마음이라면

별 모양으로 조각해

누군가의 위로가 되어야겠다.

봄

꽃잎을 빨아
담배를 만들어볼까?

피는 담배 한 모금
절망에 불을 붙이면서도

언젠가 내 인생에
꽃이 필 것이라 믿었어

나 비록
바닥에 머물러 있지만

꽃은 바닥에서부터
피기 시작할 테니

그 누구보다 먼저
봄을 맞이할 수 있지 않을까?

쓰디쓴 담배를 피우면서도
달콤한 꽃을 피우길 꿈꿨어

꽃잎을 빨아
담배를 만들어볼까?

회색 도시

내가 사는 회색 도시
마음을 단단히 먹어야
살아남을 수 있는 그 곳

세상은 '아스팔트'처럼
나를 포장하길 원하지만

눈물 한 방울도
흘려버리지 못하는 나에겐

흙길이 더 어울린다고
생각했습니다.

나 비록 '흙'처럼 나약해

내리는 슬픔 다 받아들여
물러보일 수 있겠지만

마음속에 꼭 품어 놓은
꽃씨들을 모아

삭막한 회색 도시 속
색깔을 더하는
꽃길을 피워낼 것입니다.

압박붕대

내가 붕대를 감는 이유는
잘 낫기 위해서

내 상처는
드러내기엔 무섭고
들어내기엔 무겁습니다.

내 호흡이 가빠지는 이유는
너무 많이 감아서

잘 낫고 싶다는 욕심에
나를 계속 압박했습니다.

내 죄가 무엇이냐 묻는다면
옥죄였다는 것

나는 누구보다 잘 나아야 합니다.

그렇게도 잘나'아야' 합니다.

버티다

다른 모든 이들이 떠난 후
혼자 남았을 때

시간이 지나면
무뎌질 거라 생각했지만

무뎌지지 않는 것도 있더라

홀로 아파하는 내 모습을 보며
곧 무너지겠지 생각했었지만

쉽게 무너지는 것도 아니더라

무뎌지지도, 무너지지도 않는
오늘을 보내며

내일은 괜찮겠지 하며
버티고만 있더라

그렇게 버티고만 있더라

때 시時

때 묻은 사람에게
더 마음이 가

상처가 잘 아물지 않아
마음에 얼룩이 남은 사람들

사람에 아파보지 않은 사람이
사랑을 이야기할 수 있을까?

좌절을 겪지 않은 사람이
희망을 알아볼 수 있을까?

누군가 당신의 삶이
시시하다 손가락질해도

나는 엄지손가락으로
당신의 상처를 닦아주고 싶어

때 묻은 당신에게도
환하게 빛날 때가 찾아오길

시시해 보일 수 있는 하루가 쌓여
꿈을 펼칠 수 있는 내일이 되길

저기 행복해 보이는 저 사람들도
다 때가 있었을 것이야

촛불 앞에서의 기도

다른 이들이 양초의 촛불을 보며 감동할 때

홀러내리는 촛농을 보며
가슴 아파할 줄 아는 사람이 되게 해주세요

다른 이들이 촛불이 꺼지는 순간 손뼉 칠 때

까맣게 변한 심지를 위해
두 손 모아 기도할 수 있는 사람이 되게 해주세요

자신을 희생하면서까지
누군가의 위로가 되는 사람을 보았을 때

그 위로에 익숙해지지 않고
아래에 있는 그 사람의 그림자를 볼 줄 아는

그래서 위로가 되는 이를 위로할 수 있는

그런 사람이 되게 해주세요

변화

나를 지치고
힘들게 했던

그 '감정'들을

아래에서부터
하나씩 맞바꿔

'강점'으로
만들 수 있다면

불면

마음에 구멍이 났다.
호호 불면 구멍이 뚫리는
커다란 솜사탕처럼

남들은 잘만 꾸고 다니던
달콤한 꿈을
신은 나에게 꾸어주지 않았다.

삶은 계란

삶은 계란이라 농담 삼아 말하곤 하지만

사랑하는 삶은 계란과 같습니다.

계란은 더 나은 존재가 될 수 있는 가능성을 포기한 채

우리만을 위해
뜨거운 것들이 다 스며들 때까지
묵묵히 참고 인내합니다.

사랑 또한 그렇습니다.

사랑하는 사람들은 자신만을 위한 시간을 포기한 채

서로를 위해
뜨거운 사랑이 다 스며들 때까지
서로 이해하고 인내합니다.

그 뜨거운 희생 덕분에

계란도 사랑도 점점 익어가며 단단해지지요

그래서 '사랑은 뜨거운 것'이라
말하나 봅니다.

°오로라

이번 겨울은
유난히 춥고

오늘따라 밤이 길다.

오로라가 오려나?

보통의
이별

오늘도 뜬눈으로 밤을 새웠다.
기나긴 밤을 지새며 우리의 기억들을 세어보았다.
머물고 있는 곳이 겨울이기에 평소보다 밤이 길었다.

이제는 기억에만 남아있는 순간들,
우리는 마치 계절 같았다.

누군가 그 순간이 어떠했냐 묻는다면
"봄처럼 따뜻했고 여름처럼 뜨거웠으며 가을처럼 잔잔했고
그 마지막은 겨울처럼 차가웠었다."라고 답할 것이다.

진부한 표현이라는 생각이 들 수도 있겠지만,
사랑은 늘 진부함을 특별하게 만든다.

누군가를 알아 간다는 것,
그것은 약속을 하는 모습과 닮아있다는 생각을 하곤 했다.

시작이 비록 새끼손가락처럼 얇을 수도 있겠지만,
그 끝은 두터운 엄지손가락만큼이나 단단할 것이라 믿기 때문이다.

계절을 보낼 때 우리는 다음의 계절을 약속받는다.
나는 사계의 순환을 신뢰했기에
우리 사이가 겨울이라는 걸 알면서도
아무렇지 않게 봄을 약속했었다.

추위에 떨던 당신을 따뜻하게 안아주지 못했던 것을 후회한다.
지난봄을 함께 했기에
그다음의 봄 또한 그러할 것이라는 착각 때문이었다.

꽃은 얇은 가지에서부터 시작된다.
하지만 나는 '피어날 꽃'에만 꽂혀 있던 나머지,
부러지고 있는 가지를 보지 못했다.

새끼손가락을 거는 순간 서로를 잘 감싸 안았다면,
또 한 번 우리는 엄지손가락만큼이나 단단한 꽃을
피워낼 수 있었을지 모른다.

잘 감싸 안아주지 못했다는 것,
그것이 내가 봄을 맞이하지 못한 채 겨울에 머물러 있는 명분이었다.

여전히 계절의 곳곳엔 함께 했던 순간들이 숨겨져 있다.
하지만 애써 찾으려 하지 않는다.

지나간 그대는 그대로 둔 채 앞으로 오게 될 새로운 계절을 기다린다.

언젠가 새로운 계절을 맞이할 때쯤,
우리는 서로가 아닌 또 다른 이에게 비슷한 약속을 할 것이다.

지켜지지 못할 수 있는 다짐에 가까운 약속들을

°기억

기억은 언제나 행동보다 앞서있다.

기억은 행복과 상처 모두를
현재의 나보다 먼저 경험해 보았기에

행복을 느낄 수 있는 순간들과
조금 덜 상처받는 방법을
우리에게 조언해 주곤 한다.

하지만 안타깝게도 우리는
기억이 주는 조언보다
우리의 직감과 상황 그 자체에 집중할 때가 많아

행복할 수 있는 순간을 알면서도 잡지 못하고
똑같은 상황 혹은 사람에 상처받는 실수를 저지를 때가 있다.

어쩌면 우리가 맨 처음 한글을 배울 때
자음인 'ㄱ (기역)'부터 배우는 이유는

그리고 '기역'과 '기억'이 발음이 비슷해
사람들이 헷갈려 하는 진짜 이유는

우리가 진심으로 행복하길 바라며
기억이란 단어에 점 하나 찍어 만들어 낸

세종대왕의 배려가 담긴
수수께끼는 아니었을까?

생각했다.

°계단

타려고 했었던 엘리베이터를 놓쳤다.

원래 타야 했었던 엘리베이터 한 모퉁이에는
나 대신 다른 사람이
자신의 목적지로 향하고 있을 것이다.

조금 더 기다린다면
다음 엘리베이터를 탈 수 있겠지만

얼마나 기다려야 할지
그리고 함께 탈 다른 이들의 목적지를 위하여
얼마나 멈춰서야 할지 장담할 수 없었다.

나는 이미 한 번의 기회를 놓쳤으니

조금 편하기 위한 불확실한 상황을 기다리는 것보다
고되지만 스스로 노력하는 길을 택했다.

그렇다 그냥 나는 계단으로 올라가기로 했다.

그냥 열심히 앞만 보며
올라가면 될 줄 알았는데
한 층 한 층 올라갈 때마다
계속해서 돌아 올라가야 했다.

목적지로 향하는 가장 고된 길 안에서도
나는 뺑뺑이를 돌고 있었다.

한 걸음 내디딜 때 마다 숨이 차올랐다.
그냥 다음 엘리베이터를 기다릴걸 후회도 했다.

하지만 목적지로 향하는 과정이 고달프더라도
도착할 수 있다는 확신이 있다면

그 고달픈 운명을 슬프지 않게
받아드릴 수 있을 것 같았다.

만약 내가 오르고 있는 계단들을
피아노 건반으로 사용할 수 있다면

왠지 베토벤의 '운명 교향곡'을
연주해야 할 것 같은 기분이었다.

포기하지 않고 계속해서 계단을 올랐다.

고달프지만 어쨌든
머무르지 않고 나아가고 있었다.

부정

하면 안 되는 게 왜 이리도 많은지
가지 말라는 곳은 또 이렇게나 많은지
우리 아빠는 참 부정적인 사람이었다.

나는 하고 싶은 게 많은 아이였는데
자꾸 안된다고만 하는 아빠가 참 싫었고
그렇게 조금씩 아빠와 멀어져만 갔다.

조금씩 아빠와 멀어질수록
내가 하고 싶었던 많은 것들과
가까워져 갔지만

내가 걷고 싶었던 그 꽃길에는 언제나
가시가 함께 있었다.

어쩌면 우리 아빠는
사랑하는 아들에게 꽃을 보여주는 즐거움보다
그 아들이 가시에 찔리는 것에 대한 두려움이
더 크셨던 것은 아닐까?

아빠를 이해하기에는 내가 너무 어렸었고
아빠도 아빠는 처음이라 많이 어려웠겠지

사실 아빠도 아들을 위해 다 해주고 싶었을 텐데
부정父情을 부정否定할 수밖에 없어 얼마나 속상했을까?

부정적이었던 아빠를 조금씩 이해하며
조금씩 나는 어른이 되고 있다.

상처

상처받은 사람들을 모아
그 상처들을 빌리는 거야

상처를 원하는 사람은 없으니
어쩌면 공짜로 줄 수도 있겠다.

상처의 크기는 다양하겠지만

내 사람들의 상처만 모아도
별 하나 정도는 되지 않을까?

다시 시작할 거야
상처로 이루어진 그 별에서

상처들이 모인 그곳에서
잘 살 수 있겠냐고?

음... 내 생각에 상처라는 것은
꼭 나쁜 것만은 아닌 것 같아

사랑, 관심, 배려와 같은 아름다운 것들이
각자의 이유들로 인해 상처가 된 것은 아닐까?

다시 사랑해 줄 거야

상처받은 모든 것들이
회복되길 바라는 마음으로

언젠가 그 상처로 이루어진 그 별에서도
꽃을 피울 수 있지 않을까?

내가 피워낸 그 꽃들이
상처받은 또 다른 누군가를 위한

위로가 되었으면 좋겠다.

울어도 괜찮아

"펑펑 울어도 괜찮다" 말해주고 싶다.
오늘도 잘 견뎌낸 당신에게

어릴 적 소리 내어 펑펑 울던 우리는
언제부턴가 속으로 우는 법을 배웠고

그렇게 어른이 되는 것이라는 핑계를 대며

곪아 가고 있는 마음을 애써 외면한 채
살아가고 있는 것은 아닐까 고민했다.

'어른이라면 그렇게 해야 해',
'나이 먹고 우는 건 쪽팔린 거야'

어른이 되어 세상에 나와보니
상처받을 일 투성이고

어린 아이 때 보다
더 울어야 할 이유들이 많은 것 같은데,

언제부턴가 나는 단지 어른이라는 이유로

터지는 눈물을 밖으로 내보내지 못한 채
마음 안쪽으로 흘려보내고 있었다.

표출되지 못한 슬픔들이
하나둘씩 내 마음에 자리 잡을수록

행복이 자리 잡을 공간마저
빼앗기는 것은 아닐까 두려웠다.

앞으로도 나는 상처받을 것이고
힘든 일들을 많이 겪을텐데

그때마다 어른이라는 이유로
흐르는 눈물들을 내보내지 못한 채

안으로만 흘려보낸다면

내 마음 속 꼭꼭 숨겨둔 작은 행복마저
밀려나진 않을까 걱정했다.

그러니깐 우리는

슬픔이 마음속에
자리 잡을 수 없도록

흐르는 눈물들을 밖으로
다 보내야 한다.

‘어른이라면 그렇게 울어야 해’,

‘나이 먹고 우는 것은 당연한 거야’

‘울어도 괜찮아’라는 말을 꼭 해주고 싶다.
오늘도 잘 견뎌낸 당신에게

원치 않게 어른이 되었지만
잘 살아가고 있는 우리에게

시詩

나에게 시詩란
시간時間의 기록

이야기의 시작이자
이야기의 끝

어긋난 한 사람의 시時와
다른 이의 시時

그 사이 균열을
아릅답게 채워넣는 일

서로의 간격 사이
단어라는 씨앗을 심어

콘크리트 사이 핀 꽃들처럼
문장들을 피워내야 하는 업業

에필로그

사랑하는 이들의 아픔을 잘 들어 준다는 것

살아가는 동안 잘 들어주는 사람이 되고 싶습니다.

'잘 들어준다는 것'

저에게 그것은 단순히 누군가의 이야기를 들어주는 것을 넘어
그 사람의 삶의 무게를 함께 들어 줄 수 있는 것을 의미합니다.

우리의 삶을 무겁게 짓누르는 것들은

만남, 행복과 같은 건강한 감정이 아닌
이별, 우울과 같은 아픈 감정들이라 생각하기에

제가 소중하게 생각하는 사람들의 아픔을
잘 들어주는 삶을 살아가길 원합니다.

누군가의 슬픔을 온전히 제가 다 짊어질 수는 없겠지만,
함께 나눠 들 수 있다면 슬픔의 무게로 멈춰있던 사람이
다시 앞으로 나아갈 수 있다고 믿으니깐요.

사랑하는 이들이 각자의 행복을 찾아 계속해서 나아갔으면 합니다.

적어도 제 주변에는 슬픔의 무게로 인해 멈춰있는 사람이 없도록,
잘 들어주어 행복을 향해 나아갈 수 있도록 돕고 싶습니다.

하지만 솔직히 말씀드리면 저는 모든 이들의 아픔을 품을 수 있을 만큼
대단한 사람도 아니고 단단한 사람도 아닙니다.

오히려, 약하고 부서지기 쉬운 마음을 가지고 있어
감당하기 힘든 상황들로 인해 무너질 때도 많았습니다.

하지만, 그때마다 저를 위해 잘 들어준 사랑하는 사람들이 있었기에
다시 일어날 수 있었습니다.

서로의 아픔을 들어준다는 것
그것은 때때로 우리의 감정선을 내려가게 만들곤 하지만

'내려가는 것'은 곧 '깊어지는 것'과 같은 것이라 믿기에,
사랑하는 사람을 위해 더 깊어지는 삶을 살아가고 싶습니다.

저의 글이 조금이나마 당신에게 위로가 되었기를 바라며
지금도 소중한 사람의 아픔을 잘 들어주고 있을 당신에게
저의 문장들을 바칩니다.

22.12.06.

눈 내리는 어느 날

채시안 드림

새벽 한시 십일분

초판 1쇄 인쇄 | 2022년 12월 21일
초판 1쇄 발행 | 2022년 12월 30일

지은이 | 채시안
발행인 | 한정희
발행처 | 종이와나무
편집부 | 한주연 김지선 유지혜 이다빈 김윤진
관리·영업부 | 전병관 하재일 유인순
출판신고 | 2015년 12월 21일 제406-2007-000158호
주소 | 경기도 파주시 회동길 445-1 경인빌딩 B동 4층
전화 | 031-955-9300   팩스 | 031-955-9310
홈페이지 | http://www.kyunginp.co.kr
이메일 | kyungin@kyunginp.co.kr

ISBN 979-11-88293-20-9 03810
값은 뒤표지에 있습니다.

종이와나무는 경인문화사의 브랜드입니다.